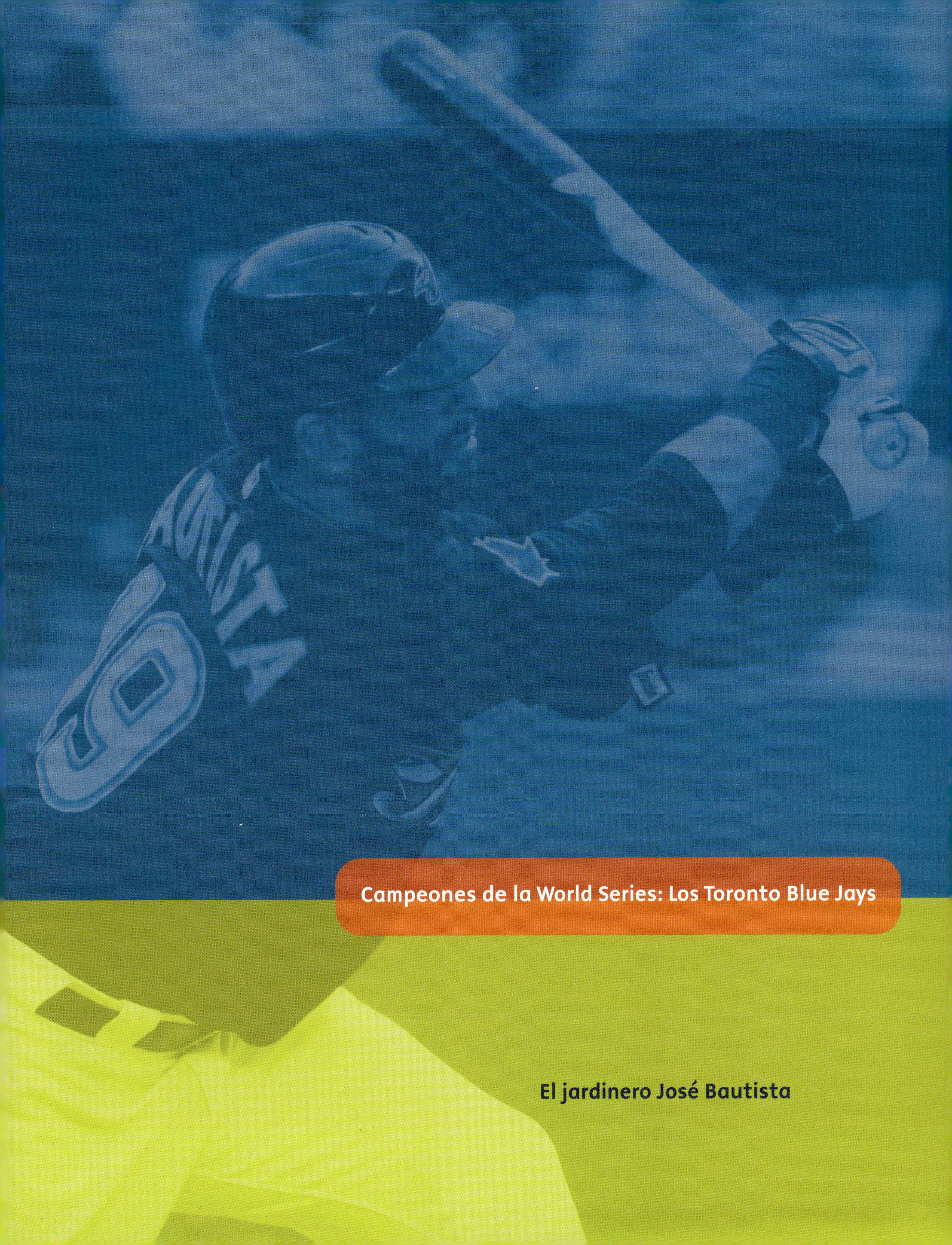

Campeones de la World Series: Los Toronto Blue Jays

El jardinero José Bautista

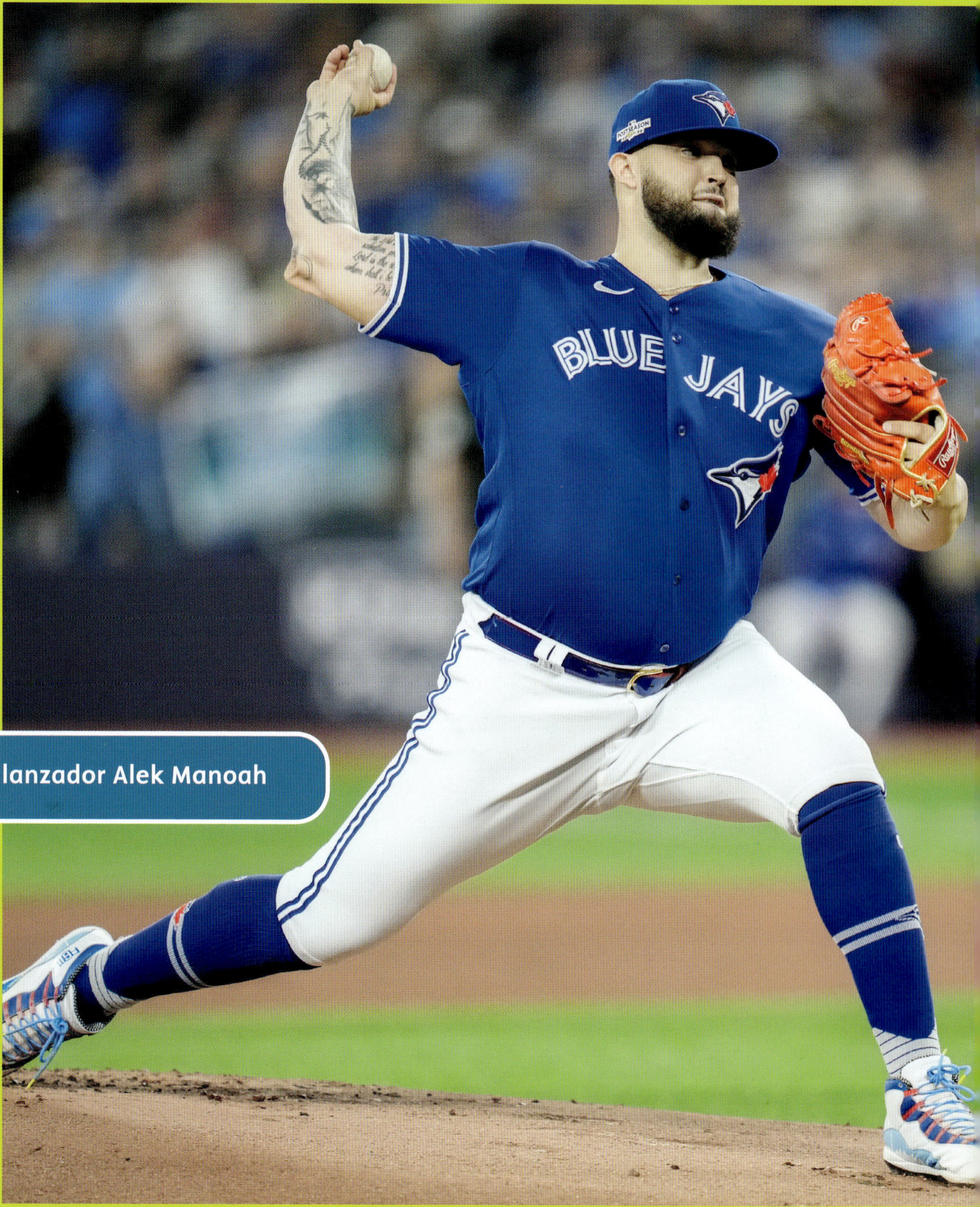

El lanzador Alek Manoah

CAMPEONES DE LA WORLD SERIES

LOS TORONTO BLUE JAYS

MICHAEL E. GOODMAN

CREATIVE EDUCATION/CREATIVE PAPERBACKS

Publicado por Creative Education y Creative Paperbacks
P.O. Box 227, Mankato, Minnesota 56002
Creative Education y Creative Paperbacks son marcas editoriales de The Creative Company
www.thecreativecompany.us

Dirección de arte por Tom Morgan
Diseño y producción por Ciara Beitlich
Editado por Joe Tischler

Fotografías por Alamy (Zuma Press, Inc.), AP Images (Julian Avram/Icon Sportswire, Julio Cortez), Corbis (Rich Pilling), Getty (Bettmann, Mark Blinch, Lisa Blumenfeld, Stephen Dunn, Focus on Sport, Getty Images Sport, Craig Melvin/Stringer, Rich Pilling, Rick Stewart/Stringer), Shutterstock (Lucky-photographer)

Library of Congress Cataloging-in-Publication Data
Names: Goodman, Michael E., author.
Title: Los Toronto Blue Jays / [by Michael E. Goodman].
Description: [Mankato, Minnesota] : [Creative Education and Creative Paperbacks], [2024] | Series: Creative sports. Campeones de la World Series | Includes index. | Audience: Ages 7-10 years | Audience: Grades 2-3 | Summary: "Elementary-level text and engaging sports photos highlight the Toronto Blue Jays' MLB World Series wins, plus sensational players associated with the professional baseball team such as Vladimir Guerrero Jr"-- Provided by publisher.
Identifiers: LCCN 2023015582 (print) | LCCN 2023015583 (ebook) | ISBN 9781640269576 (library binding) | ISBN 9781682775073 (paperback) | ISBN 9781640269811 (ebook)
Subjects: LCSH: Toronto Blue Jays (Baseball team)--History--Juvenile literature. | Rogers Centre (Toronto, Ont.)--History--Juvenile literature. | World Series (Baseball)--History--Juvenile literature. | American League of Professional Baseball Clubs--Juvenile literature. | Baseball--Canada--History--Juvenile literature.
Classification: LCC GV875.T67 G6718 2024 (print) | LCC GV875.T67 (ebook) | DDC 796.357/6409713541--dc23/eng/20230413

Impreso en China

Campeones de la World Series de 1993

El lanzador Ricky Romero

CONTENIDO

El hogar de los Blue Jays

Toronto es la ciudad más grande de Canadá. Se encuentra cerca del lago Ontario. Cerca hay un **estadio** llamado Rogers Centre. Allí juega el equipo de béisbol los Blue Jays. Es el único equipo debéisbol de la Major League Baseball (MLB) que juega sus partidos locales fuera de los Estados Unidos.

Los Toronto Blue Jays compiten en la División Este de la American League (AL). Sus mayores **rivales** son los Tampa Bay Rays. Todos los equipos de la MLB quieren ganar la World Series y convertirse en campeones.

El lanzador Juan Guzmán

Nombrando a los Blue Jays

Los dueños del equipo les pidieron a los aficionados que sugirieran un nombre para el nuevo club. "Blue Jays" obtuvo muchos votos. Un aficionado escribió, "Espero que los jugadores bateen la bola tan rápido como un arrendajo (*jay* en inglés) puede volar." El equipo a menudo se llama los "Jays," para abreviar.

El lanzador Dave Stieb

Historia de los Blue Jays

Los Blue Jays entraron a la AL en 1977. Al principio perdieron muchos juegos. El equipo mejoró con la llegada del segunda base Dámaso García y el lanzador Dave Stieb. En 1983, llevaron a los Jays a su primera temporada ganadora. Dos años después,el equipo llegó a las **eliminatorias** por primera vez.

En 1989, Cito Gaston fue nombrado manager del equipo. Pronto llevó a los Jays a la cima de la División Este de la AL. En 1992, llegaron aún más alto. Derrotaron a los Atlanta Braves para ganar su primera corona de la World Series. El lanzador abridor Jimmy Key tuvo dos victorias en la serie. En 1993, los aficionados de Toronto tuvieron otra emoción en 1993. ¡Un **jonrón con walk-off** del jardinero Joe Carter hizo que los Jays fueron campeones otra vez!

El jardinero Joe Carter

El lanzador Roy Halladay

Los Jays no han ganado más **títulos**. Pero han seguido teniendo lanzamientos fuertes y bateos poderosos. Los diestros Pat Hentgen, Roger Clemens y Roy Halladay ganaron cada uno un Cy Young Award. Los mejores lanzadores los ganan. Los bateadores Carlos Delgado y José Bautista batean muchos jonrones.

En 2015, el tercera base Josh Donaldson llevó a los Jays nuevamente a las eliminatorias. Donaldson fue votado como el jugador más valioso de la AL.

Otras estrellas de los Blue Jays

El segunda base Roberto Alomar fue un gran defensor y bateador para los Jays. Fue elegido para el **Salón de la Fama** del béisbol. Llevaba su gorra de los Blue Jays cuando recibió su premio. Quería mostrar tan orgulloso que estaba de estar parte del equipo.

En la década de 1980, el jardinero de los Jays George Bell fue en el Juego de Estrellas de la AL. También lo fueron Lloyd Moseby y Jesse Barfield.

El segunda base Roberto Alomar

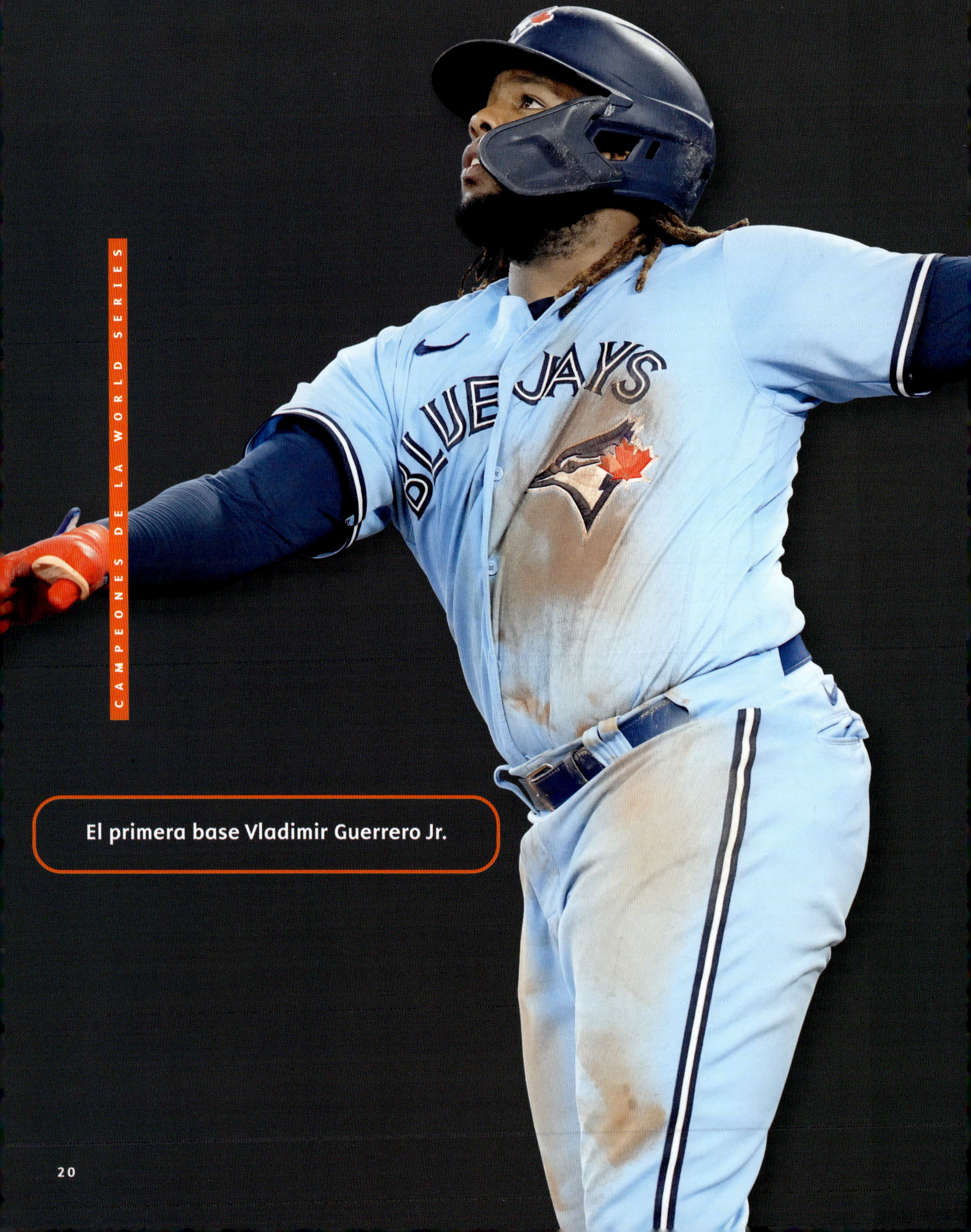

El primera base Vladimir Guerrero Jr.

Los Blue Jays han llegado a las eliminatorias cuatro veces desde 2015. Los aficionados de Toronto cuentan con las nuevas estrellas Vladimir Guerrero Jr. y Alek Manoah. ¡Los aficionados esperan que les lleven a casa otro campeonato pronto!

Sobre los Blue Jays

Comenzaron a jugar en: 1977

Liga/división: Liga Americana, División Este

Colores del equipo: azul rey, azul marino y rojo

Estadio local: Rogers Centre

CAMPEONATOS DE LA WORLD SERIES:

1992, 4 juegos a 2, venciendo a los Atlanta Braves

1993, 4 juegos a 2, venciendo a los Philadelphia Phillies

Sitio web de los Toronto Blue Jays: www.mlb.com/bluejays

Glosario

eliminatorias: partidos que juegan los mejores equipos después de una temporada para ver quién será el campeón

estadio: un edificio con niveles de asientos para los espectadores

jonrón de walk-off: un jonrón en la parte final de la novena entrada o en entradas extras que le da la victoria al equipo local y termina el partido

rival: un equipo que juega muy duro contra otro equipo

Salón de la Fama: museo donde se honra a los mejores jugadores de todos los tiempos

título: otra forma de decir campeonato

El jardinero Lloyd Moseby

Índice